À cheval, Nitou !

Les mots du texte suivis du signe * sont expliqués
sur le rabat de couverture.

www.editions.flammarion.com

87, quai Panhard-et-Levassor – 75647 Paris Cedex 13
Dépôt légal : mai 2009 – ISBN : 978-2-0812-1657-0 - L. 01EJEN000252.C002
Loi n°49-956 du 16 juillet 1949 sur les publications destinées à la jeunesse

Gatien

Marc Cantin

Sébastien Pelon

À cheval, Nitou !

CASTOR POCHE Flammarion

Chapitre 1

Une mission difficile

– Mon fils, déclare Grande-plume-d'aigle-fier-qui-vole-dans-le-ciel-bleu, tu ne peux plus courir comme un lapin. Il te faut une monture.
– Une monture ? s'étonne Nitou.

Son père, le chef de la tribu des P'titipis, fronce les sourcils.

– Eh bien oui, une monture, répète-t-il. Un cheval !

– Ah ! Tu veux m'offrir un cheval, se réjouit Nitou. *You-ou !*

Mais son père secoue la tête, et les plumes de sa coiffure s'agitent.

– Non, Nitou. Tu vas le capturer toi-même. Prends cette longue corde et pars en direction du soleil levant. C'est là-bas que vivent les chevaux sauvages. Paco t'accompagnera.

Un frisson parcourt Nitou. Capturer un cheval sauvage, ça ne doit pas être facile…

Et même si Paco vient avec lui, il ne voit pas comment un aigle pourrait l'aider !
– Quand tu reviendras au village, reprend son père, je veux te voir sur le dos d'un cheval. *Hugh !*

Le petit Indien jette la corde sur son épaule. Il prend aussi son couteau, son arc et son carquois, et quitte le tipi.

Dehors, Paco, l'aigle à tête blanche, l'attend, perché sur le grand totem.
– Pourquoi fais-tu cette tête ? lui lance-t-il. Tu devrais être heureux, tu auras bientôt un cheval à toi.
– Je l'espère, répond Nitou, car j'ai l'impression que mon père sera très déçu si je ne réussis pas.
– Alors, mettons-nous en route, dit Paco en déployant ses ailes.

À la demande de son père, Nitou doit capturer un cheval pour en faire sa monture.

Chapitre 2

Des chevaux en danger

Triple-Galop est la jument sauvage la plus rapide des terres de l'Ouest. Hélas, elle s'est blessée à la patte avec une grosse épine de cactus, et elle perd un peu de sang.

Ces quelques gouttes suffisent à mettre une bande de coyotes sur ses traces et celles de son poulain Pitchi.

– *Aouuuuuu !* hurlent les coyotes.

Triple-Galop sait que son poulain est moins rapide qu'elle. Elle lui ordonne d'aller se cacher dans les bois, de l'autre côté de la rivière.

– Je vais entraîner les coyotes plus loin et je reviendrai te chercher, lui explique-t-elle.

Pitchi obéit à sa mère, même s'il préférerait l'accompagner. En quelques bonds, il rejoint l'autre rive et disparaît derrière les arbres. Sa mère s'éloigne alors que les coyotes arrivent déjà. Ils se lancent à la poursuite de la jument.

– *Aouuuuuu !* hurlent-ils de plus belle.

Puis le silence revient.

Pitchi quitte sa cachette. Les larmes aux yeux, il se couche au bord de la rivière en attendant sa maman…

À quelques pas de là, Nitou s'apprête à sortir du bois. Mais il aperçoit le jeune cheval et il s'arrête derrière le dernier arbre. Paco se pose sur une branche à côté de lui.

– Regarde, Paco, chuchote Nitou. Il y a un poulain près de la rivière. Il est exactement à ma taille.

– En effet, admet l'aigle. Mais c'est très bizarre, les poulains ne sont jamais seuls.

– Chut ! ordonne le petit Indien. Je vais le capturer.

Sans attendre, Nitou fabrique un lasso avec sa corde. Il s'avance sur la pointe des mocassins, doucement, tout doucement, et, arrivé près du poulain, il lance le lasso autour de son cou !

– Hourra ! J'ai réussi ! s'exclame Nitou en se dépêchant d'attacher l'extrémité de la corde au tronc d'un arbre.

Nitou a capturé le poulain Pitchi qui se cachait en attendant le retour de sa maman.

Chapitre 3

Nitou est têtu

Triple-Galop continue d'entraîner les coyotes à ses trousses*... mais elle arrive bientôt au bord du canyon ! Devant elle, il n'y a plus que le vide et elle doit se dépêcher de faire demi-tour.

Hélas, les coyotes l'encerclent déjà.

Triple-Galop parvient à les éloigner en leur envoyant quelques coups de sabot. Mais les coyotes sont patients. Ils savent que la jument finira par se fatiguer...

Près de la rivière, Nitou s'apprête à dresser sa monture. Il regarde Pitchi qui tire sur sa corde. Mais elle est trop solide et le poulain ne peut pas la rompre.

– Tu devrais essayer de le caresser pour le rassurer, conseille Paco à Nitou.

– Ce n'est pas ainsi que font les Indiens, affirme ce dernier. Je vais te montrer comment on doit s'y prendre.

Le petit Indien imite les grands. Il passe derrière le cheval, prend de l'élan… et saute sur le dos du poulain. Aussitôt, celui-ci se cabre* et Nitou se retrouve les fesses par terre.

– Je te l'avais bien dit, lui rappelle Paco. Il faut d'abord…

– Tais-toi, le coupe Nitou. Je vais recommencer.

Il reprend son élan et bondit une nouvelle fois sur le dos de Pitchi. Il s'accroche à sa crinière, mais le cheval enchaîne les ruades*… et Nitou, après un joli vol plané, atterrit à plat ventre sur le sol !

– Ha ! Ha ! se moque Paco. Sans ailes, ce n'est pas facile de voler !

– Arrête de rire ! s'énerve Nitou. Cette fois, ça va marcher !

Et il s'élance une nouvelle fois vers le poulain…

Têtu, Nitou ne veut pas écouter les conseils de l'aigle Paco et a bien du mal à dompter son poulain.

Chapitre 4

Tout va mal !

Triple-Galop est épuisée par toutes ses ruades. Elle est toujours coincée au bord du précipice et elle ne peut plus reculer. Les coyotes se rapprochent petit à petit.

– *Grrrrrr !* grognent-ils en montrant les crocs.

Ils échangent des regards complices et des sourires carnassiers. Leur victoire est proche !

Nitou est découragé. Ses pauvres fesses sont couvertes de bleus ! Il est remonté dix fois sur le poulain, et dix fois il en est tombé.

– Si je ne réussis pas à dresser ce cheval, mon père ne sera pas content, se désespère Nitou.

– Tu devrais enfin utiliser ma méthode, lui répète Paco.

Nitou se relève en hochant la tête. Il s'imagine à la place du poulain : si quelqu'un sautait sur son dos sans lui donner d'explication, il essaierait aussi de s'en débarrasser.

Après tout, Paco a peut-être raison.

Nitou s'approche doucement de Pitchi. Celui-ci hennit, se cabre et frappe le sol de ses sabots.

– Ne t'énerve pas, chuchote Nitou. Je ne te veux aucun mal.

– Alors pourquoi m'attaches-tu ? lui rétorque le poulain.

– Ben… J'ai besoin d'un cheval pour me déplacer, explique Nitou.

– Tu as des jambes, comme moi, proteste Pitchi. Pourquoi je devrais te porter ?

– Tu es plus rapide que moi, répond Nitou. Et puis, j'aimerais vraiment avoir un cheval. On pourrait devenir amis.

– Si tu veux devenir ami avec moi, commence par me détacher !

Paco intervient :

– Avec la force, on n'obtient pas tout. Tu dois lui montrer que tu le respectes.

Nitou réfléchit un instant. Puis il sort son couteau…

Triple-Galop ne résistera plus longtemps aux coyotes. De son côté, Nitou comprend qu'il ne domptera pas Pitchi par la force.

Chapitre 5

Nitou se rachète

La corde est coupée, et le poulain s'éloigne aussitôt...

– Pars si tu veux, lui dit Nitou. Paco a raison, je ne pourrai pas t'obliger à devenir mon ami.

Mais Pitchi s'arrête au bord de la rivière, et verse quelques larmes dans l'eau.

– Que se passe-t-il ? demande Nitou. Tu devrais être heureux d'être libre à nouveau.

Il s'approche du petit cheval et lui caresse gentiment l'encolure*.

Pitchi raconte alors comment sa mère et lui ont été attaqués par des coyotes. À présent, il est très inquiet pour sa maman.

Nitou baisse la tête, honteux d'avoir capturé ce pauvre poulain.

– Maman devrait déjà être revenue, sanglote ce dernier. Les coyotes l'ont sûrement rattrapée.

– Nous allons t'aider à la retrouver ! promet Nitou. Paco, envole-toi. Avec ton œil perçant, je suis sûr que tu vas la repérer. Pitchi et moi, nous te suivrons.

– D'accord, approuve l'aigle. Mais tu ne seras pas assez rapide, Nitou.

– Qu'il grimpe sur mon dos, propose Pitchi. Vite ! En route !

Le temps presse pour sauver Triple-Galop. Nitou grimpe sur le dos de Pitchi afin d'arriver plus vite.

Chapitre 6

L'union fait la force

Paco connaît bien les coyotes. Ils ne sont pas très courageux mais ils sont malins. La falaise n'est pas loin et l'aigle les soupçonne d'avoir entraîné la jument vers le précipice.

Ils espèrent la faire tomber pour la dévorer ensuite tranquillement au fond du canyon.

– Les lâches ! marmonne l'aigle.

Il avait raison de craindre le pire. Triple-Galop est au bord du gouffre, un sabot au-dessus du vide ! Elle semble à bout de forces, et les coyotes continuent de la harceler pour l'obliger à reculer. Encore un pas, et ce sera la chute !

– À l'attaque ! crie Paco en piquant vers les coyotes.

Pitchi et Nitou arrivent aussi. Ils ne quittent pas l'aigle des yeux et le jeune poulain est rapide comme le vent.

– À l'attaque ! crie également Nitou en apercevant les coyotes.

Paco frôle déjà leurs ennemis. Ses serres luisent dans le soleil et à leur vue les coyotes s'aplatissent. Pitchi et son cavalier se jettent dans la bataille. Nitou a sorti son arc et tire une première flèche qui transperce la queue d'un coyote !

– *Aouuuuu !* hurle de douleur celui-ci.

Mais la meute est nombreuse. Les coyotes se retournent vers Pitchi et tentent de lui mordre les pattes !

Heureusement, Paco intervient, et en quelques coups de bec, il écarte les agresseurs qui s'éloignent avec un mal de tête ! Et Pitchi, d'une bonne ruade, envoie deux autres coyotes dans les airs !

– Prends ça ! hurle Nitou en décochant une nouvelle flèche.

Elle entaille une oreille du chef des coyotes.

– *Kaï ! Kaï ! Kaï !* couine-t-il en déguerpissant, la queue entre les pattes.

En voyant leur chef abandonner la bataille, toute la meute s'enfuit ! C'est la débandade* !

– Hourra ! crie Nitou. On a gagné !

Triple-Galop rejoint alors son fils en boitant. Et ils restent un long moment museau contre museau, tout heureux de se retrouver.

En unissant leurs forces, Paco, Pitchi et Nitou ont mis les coyotes en fuite. Triple-Galop est sauvée !

Chapitre 7

Un nouvel ami

Paco a envoyé Nitou chercher un morceau d'écorce de jeune saule pour l'appliquer sur la blessure de Triple-Galop. Ce médicament est très efficace et la jument va déjà beaucoup mieux.

Pitchi hennit de joie en constatant que sa maman ne boite plus.

– Cette aventure t'a permis de te faire un ami, lui dit-elle en désignant Nitou fièrement installé sur le dos de son fils.

– Oui, et j'aimerais beaucoup rentrer dans son village avec lui, déclare Pitchi.

– C'est vrai ? s'écrie Nitou. Tu acceptes d'être mon cheval ?
– À condition que tu ne me dises pas toujours d'aller ici ou là, prévient Pitchi. Je veux donner mon avis, et aussi revenir voir Maman de temps en temps.
– D'accord, promet Nitou.
– Pitchi est né dans les prairies, ajoute Triple-Galop, là où les vents soufflent librement et où il n'y a pas de barrières. Je ne sais pas s'il fera une bonne monture pour un Indien.
– Il fera un excellent ami, répond Nitou. C'est le principal !
– Ne t'inquiète pas, Maman, nous allons très bien nous entendre, assure Pitchi.

Dans le ciel, Paco lâche son cri aigu. Le village est en vue. Triple-Galop frotte une dernière fois son museau contre celui de son fils, et elle se laisse même caresser par Nitou. Puis la jument sauvage se cabre et hennit, avant de repartir vers les grandes prairies.

– À bientôt, Pitchi ! À bientôt, Nitou !

Et elle disparaît derrière les collines.

Paco pousse une nouvelle fois son cri, qui se mêle à présent à celui des Indiens. La tribu des P'titipis se réunit à l'entrée du village, autour de Grande-plume-d'aigle-fier-qui-vole-dans-le-ciel-bleu. Ils veulent tous savoir si le fils du chef a réussi à dompter un cheval.

Nitou et Pitchi s'avancent fièrement vers le campement, précédés par l'ombre de Paco. Le petit Indien caresse l'encolure de son poulain et lui murmure à l'oreille :

– Ceux de ma tribu sont très curieux. Si on leur montrait de quoi tu es capable ?

– Bonne idée ! se réjouit Pitchi.

– *Yaouuu !* crie Nitou alors que son cheval s'élance au galop.

Et les deux nouveaux amis s'amusent à slalomer entre les Indiens et les squaws qui en perdent leurs plumes ! Puis ils traversent le campement plus vite que le vent, sautent au-dessus des tas de bois, des poteries, des peaux tendues et

des feux. Ils sèment la panique dans toute la tribu !

Les enfants les applaudissent, et les guerriers leur courent après… mais personne ne peut les arrêter : sur le dos de Pitchi, Nitou est à présent l'Indien le plus rapide !

1 L'auteur

Marc Cantin :

« J'aime beaucoup voir des Indiens à cheval (si, si, il y en a encore !). Ils donnent l'impression d'être très complices avec leur monture, comme si l'animal était leur ami et qu'il répondait immédiatement au moindre souhait de son cavalier.

Chez nous, il est difficile de se promener à cheval, de se rendre à l'école sur son poney, ou d'aller faire ses courses sur le dos de son pur-sang ! Imaginez à quoi ressembleraient nos villes et nos campagnes, si les voitures et les vélos étaient remplacés par des chevaux... Bien sûr, il faudrait aussi vous occuper de votre cheval en rentrant de l'école. Et attention, le samedi et le dimanche, pas question de faire la grasse matinée ! Un cheval, on ne le laisse pas au garage comme une voiture. Tout seul, il s'ennuie. Il a besoin de se dépenser. Mais surtout, il faudrait le dresser et le convaincre de vous emmener où bon vous semble. Et ça, c'est une autre histoire !

Moi, à chaque fois que je suis monté sur un cheval, c'est lui qui a décidé du chemin et de la durée de la promenade !

Mais vous êtes sûrement plus doués que moi. Alors, si vous voulez ressembler à Nitou : en selle ! »

❷ L'illustrateur

Sébastien Pelon :

« Quand j'avais l'âge de Nitou, j'adorais faire du poney, pour faire comme les cow-boys (à l'époque je préférais encore les cow-boys aux Indiens, j'ai changé d'avis depuis, mais c'est une autre histoire). Un poney, ça n'est pas trop haut, et surtout ça n'est pas trop nerveux... La première fois que je suis monté sur un cheval fut aussi la dernière ! À peine en selle, il est parti au galop pour finalement me projeter loin, trèèèès loin de lui. On dit qu'il faut tout de suite se remettre en selle, j'ai préféré en changer pour celle d'un VTT, même s'il arrive aussi que je passe par-dessus ! »

Table des matières

Achevé d'imprimer en février 2010,
chez Pollina (France) - L53952.